Jonas e as Cores

Às minhas duas Sofias, in memoriam

A Nícolas e Haroldo, por me reconduzirem ao
prazer de contar histórias

Editora
Renata Borges

Editora de literatura infanto-juvenil
Denyse Cantuária

Editora assistente
Noelma Brocanelli

Assistentes editoriais
Elizete Oliveira
Fernanda Rodrigues

Capa e editoração eletrônica
Luciano Bernardes

Projeto gráfico e ilustrações
Taisa Borges

Dados Internacionais de Catalogação na Publicação (CIP)
(Câmara Brasileira do Livro, SP, Brasil)

Berlim, Regina
   Jonas e as cores / Regina Berlim ; ilustrações
de Taisa Borges. -- São Paulo : Peirópolis, 2006.

   ISBN 978-85-7596-061-5

   1. Contos - Literatura infanto-juvenil
I. Borges, Taisa. II. Título.

06-5795   CDD-028.5

Índices para catálogo sistemático:

1. Contos : Literatura infantil 028.5
2. Contos : Literatura infanto-juvenil 028.5

EDITORA
PeirópoliS

2007

Todos os direitos reservados à

Editora Fundação Peirópolis Ltda.
Rua Girassol, 128 — Vila Madalena
05433-000 São Paulo SP
Tel.: 55 11 3816-0699 Fax: 3816-6718
vendas@editorapeiropolis.com.br
www.editorapeiropolis.com.br

Filiada à Libre - Liga Brasileira de Editoras

REGINA BERLIM

Jonas e as Cores

Ilustrações de
TAISA BORGES

EDITORA
Peirópolis

Ao cair da tarde, o vento frio começa a soprar. Dona Mãe, sentada na varanda, pede a Jonas para trazer o casaco verde.

a Jonas vem correndo, um casaco azul na mão. Não, Jonas, este é o azul. Cara de espanto do menino. Tudo bem, serve este mesmo.

Como esse, incontáveis episódios de confusão. Verde e azul. Vermelho e amarelo. Marrom e marinho.

Dona Mãe pega **J**onas pela mão e leva ao Médico.

eXames. Luzes.

— Minha senhora, Jonas não vê cores. Vê tudo, do branco ao preto, com todos os matizes de cinza e de luz e de sombra. Mas cor, não.

Dona Mãe arregalou os olhos. E, ela mesma, ficou sem cor.

Jonas, sem entender, observa. Passa a mão no seu cachorrinho de pelúcia. Macio e marrom.

E é aí que entra em cena Dona Olívia, a avó.

— Não é porque **não** vê as cores que Jonas não pode aprender a conhecê-la**s**. A partir de **a**manhã, e durante todas as férias, ele ficará comigo.

E, decidida, saiu da sala.

No dia seguinte, no sol forte da tarde, Dona Olívia levou Jonas ao jardim.

— Venha, Jonas, vamos brincar diferente.

E Dona Olívia foi mostrando a Jonas a grande árvore do fundo, que ficava encostada no muro. Jonas abraçou o tronco com seus braços curtos de criança. Arrancou um pedacinho da casca e cheirou. Regou o chão em volta e enfiou os dedos na terra molhada. Brincou com tatus-bola que se amontoavam pelos canteiros.

Depois, um bolo gostoso de chocolate com calda o esperava.

Vivenciou o áspero, o úmido, o vivo, o doce — aprendeu o Marrom.

Foi num desses dias esplêndidos, sem nenhuma nuvem no céu, que Dona Olívia mostrou a Jonas o mar, que se fundia sem ondas no horizonte com o céu. E Jonas andou pela praia e molhou os pés na água gelada e brincou de pega-pega com as ondas.

Dona Olívia ensinou Jonas a fechar os olhos e abrir os braços para abraçar o mundo. A molhar o rosto e lamber os pingos d'água dos lábios, a cheirar a maresia que faz grudar os cabelos na cara e os pêlos do nariz ...

E foi assim que Jonas percebeu que o azul é infinito, salgado e de um silêncio cheio de barulhos.

Descobrir o **amarelo** é que foi bom demais.

Teve quindim fresquinho, pólen de flor no nariz (e muitos espirros), um pintinho que bicou a mão de Jonas e fez muita sujeira na cozinha, a quem Jonas deu o nome de Piu. Teve a prova de uma gema de ovo, que tem gosto assim de ovo, só que cru.

E veio seguido do **laranja**, que é como um amarelo com mais força, acompanhado de cenoura ralada, mamão papaia em cubinhos e o pôr-do-sol mais lindo daqueles dias.

Dona Olívia fez Jonas sentar nas pedras para sentir o calor do sol no final da tarde, que é mais como uma luz forte do que como fogo, e aquece mais do que queima.

E por fim veio o **Verde**, com seus muitos cheiros e sabores. Dona Olívia e Jonas passaram dias com o nariz enfiado nas plantas — alecrim, que é um verde menos verde que manjericão, que é diferente do verde-casca-de-limão (azedo!), do verde da maçã-verde (que é gostosa e quase doce). Folhas de todos os tamanhos, macias como veludo, espinhosas e ásperas como joelho esfolado na calçada.

Grama molhada sob os pés descalços de Jonas... planícies e descampados de vários verdes sem fim.

A liberdade, para Jonas, é verde.

Do **Vermelho**, Jonas levou o doce do morango, a dor e o gosto de sangue de um cortezinho de nada na ponta do dedo, o forte perfume de rosas. Suco de groselha com açúcar e tomate com sal, uma joaninha atrevida na palma da mão, que é para dar sorte.

Passaram os dias assim, em descobertas. Até chegar a hora de voltar.

— Vó ... E o lilás?

Dona Olívia se virou para o neto e deu um suspiro.

— Ah, o lilás... Essa é uma cor especial, Jonas. Alegre e triste, suave e forte, tudo ao mesmo tempo.

E com um sorriso que não era bem um sorriso acrescentou:

— Lilás é a cor da saudade.

E lá se foi Jonas de volta para casa, no banco de trás do carro, rodeado de sacolas e travesseiros, seu cachorro de pelúcia (macio e marrom) no colo.

E aquela explosão de lilás no peito.

Regina Berlim é gaúcha de Porto Alegre, onde começou a contar suas primeiras histórias. Formou-se em Letras, com especialização em Tradução, e durante quatro anos estudou e trabalhou em Lausanne, Genebra, Barcelona e Londres. Quando voltou ao Brasil, instalou-se em São Paulo, onde vive com o marido, o filho e – recentemente – o cão. Vê todas as cores, mas confessa que só conhece de verdade algumas.

Taisa Borges é artista plástica, ilustradora e autora de dois livros de imagem: *O rouxinol e o imperador*, adaptação do conto de Andersen de mesmo nome, premiado como o Melhor Livro de Imagem 2005 pela Fundação Nacional do Livro Infantil e Juvenil (FNLIJ), e *João e Maria*, inspirado na obra dos Irmãos Grimm, ambos publicados pela Peirópolis. Sente a vida em cores e texturas.

Era uma vez um abacateiro

Alaíde Lisboa

Ilustrações de Mario Vale

ISBN: 85-7596-027-X • 32 páginas • 15 x 30 cm

Esta história, resgatada por Alaíde Lisboa de passagens da infância de seus filhos, foi publicada pela primeira vez em 1959, na série didática "Meu coração". Em *Era uma vez um abacateiro*, você vai se emocionar com a relação de carinho existente entre uma família e um abacateiro e ver como ele acompanhou sua trajetória como se fosse mais um de seus integrantes.

Selecionado para o Programa Nacional do Livro Didático de São Paulo (PNLD-SP) – 2005

www.editorapeiropolis.com.br

MISSÃO

Contribuir para a construção de um mundo
mais solidário, justo e harmônico, publicando literatura
que ofereça novas perspectivas para a compreensão
do ser humano e do seu papel no planeta.

EDITORA
Peirópolis
A gente publica o que gosta de ler:
livros que transformam!